J. FOROPON

Commissaire du Gouvernement
de la province des Hua-Phan.

La province
des
Hua-Phan
(LAOS)

HANOI - MCMXXVII

LA PROVINCE DES HUA-PHAN

(LAOS)

J. FOROPON

Commissaire du Gouvernement
de la province des Hua-Phan.

□

La province

des

Hua-Phan

(LAOS)

ÉDITIONS DE LA
HANOI - MCMXXVII

Panorama de Sam-Nua.

La province des Hua-Phan

PREMIÈRE PARTIE

I. — GEOGRAPHIE

La province des Hua-Phan (mille têtes), appelée aussi province de Sam-Nua, est située entre le Tonkin, l'Annam et le Laos qui l'encadrent, dans l'ordre, au Nord, à l'Est, au Sud et à l'Ouest.

Au voyageur qui la parcourt, elle présente avec ses montagnes abruptes, ses vallées profondes, ses ravins inaccessibles où coulent des rivières barrées de rapides et des torrents impétueux, un aspect chaotique plein d'une grandeur sauvage et prenante qu'adoucit parfois l'apparition de vallées plus larges, mais presque toujours fermées, dont les rizières frappent agréablement la vue et la reposent.

Pas de très hauts sommets, pas de chaînes bien nettement dessinées mais une profusion de cîmes rocheuses ou mamelonnées qui s'abordent, se heurtent, s'enchevêtrent, se fondent sous le couvert de forêts splendides aux essences multiples, parées durant de longs mois de floraisons rares et odoriférantes.

Les sommets les plus élevés sont les suivants :

Au Nord. — Le Pou-Pha-Liem (Muonghet) 1.764 m. ; le Pou-Sam-Sao (Muong-Peu) 1.897 m. ;

A l'Est. — Le Pou-Loi (Muong-Kout) 2.257 m. ; le Pou-Nam-Pa (Houa-Muong) 1.827 m. ;

A l'Ouest. — Le Pou-Loupe (Xieng-Mène) 1.475 m. ;

Au Sud. — Le Pou-Pane (Ban-Saleuil) 2.079 m.

Des innombrables cours d'eau de toute importance qui arrosent la province et dont certains, après s'être péniblement frayés un passage dans d'étroits sillons rocheux, vont se perdre dans quelque gigantesque entonnoir calcaire, il faut retenir les suivants dont le débit est de beaucoup le plus considérable :

Le Song Ma qui traverse la province dans sa partie Nord ; venant du Tonkin, il entre en Annam à Muong-Lat et après un cours capricieux dans une vallée presque toujours encaissée et difficilement accessible, va se jeter dans le Golfe du Tonkin vers Sam-Son.

Il n'est pas navigable ; en quelques points cependant des pirogues légères peuvent y circuler.

La Nam-Het qui prend sa source au Sud de Muong-Son, dans la région du Pou-Loi (2.257 m.) ; elle présente des caractères identiques à ceux du Song-Ma dans lequel elle vient se jeter à hauteur de Muong-Het. Les pirogues y circulent difficilement.

La Nam-Sam qui prend sa source dans la région Ouest de Sam-Nua, entre en Annam au Sud de Sam-Teu, s'appelle alors le Song-Chu et se jette dans le Song-Ma au Nord de Thanh-Hoa ; la Nam-Sam n'est pas navigable.

La Nam-Neun qui prend sa source au Nord-Ouest de Houa-Muong, et sort de la province à hauteur de Muong-Lane (Xieng-Khouang) ; elle est accessible aux petites pirogues à partir de Houa-Muong.

La superficie de la province des Hua-Phan peut être évaluée à 30.000 kilomètres carrés.

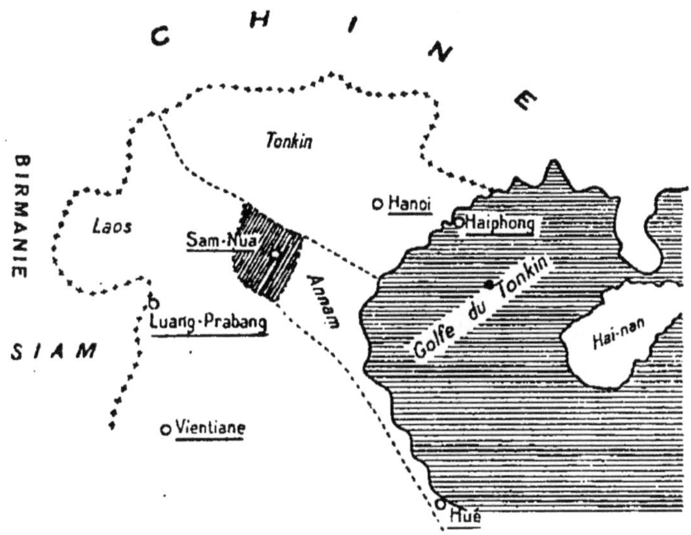

II. — CLIMATOLOGIE

Il existe deux saisons régulières coïncidant avec les moussons : la saison sèche et la saison des pluies.

La saison sèche débute vers le milieu d'octobre en même temps que commence à souffler la mousson du Nord-Est. Elle prend fin en avril.

Pendant la saison sèche, les nuits sont froides, les matinées obscurcies par un brouillard épais qui fait place, vers neuf heures, à un soleil radieux dans un ciel uniformément bleu ; les pluies sont extrêmement rares.

Les températures les plus basses, $+2°$, sont enregistrées en décembre et janvier, alors que la température moyenne de la journée varie entre 20 et 25°.

La saison des pluies commence à la fin du mois d'avril ; le thermomètre monte alors dans la journée à 3o° mais les nuits demeurent fraîches et agréables.

La pluie tombe de mai à octobre, plus abondante en juillet et août, mais rarement accompagnée de violents orages.

Saison dure pour les Européens et les Annamites, avec ses brusques écarts de température et les émanations fiévreuses de la forêt ; les accès de paludisme se font plus nombreux et plus violents et la bilieuse plus active.

III. — ETHNOGRAPHIE

On rencontre les races suivantes dans la province de Sam-Nua :

Les Thay-Nua, improprement appelés laotiens, qui ont adopté la langue et les coutumes des populations laotiennes riveraines du Mékong.

Les Thay-Dèng et les Thay-Dam qui occupent avec les Thay-Nua les vallées et les régions basses.

Les Khas et les Pongs, habitants des altitudes moyennes.

Les Méos installés aux altitudes élevées.

Il est généralement admis que Laotiens, Thay-Nua, Thay-Dèng, Thay-Dam ont une origine commune. La légende désigne Muong-Thèng (Dien-Bien-Phu) comme berceau des différentes tribus, qui présentent en effet des caractères communs indéniables.

Pour Francis Garnier, au contraire, les Thay seraient originaires du Thibet.

Les Khas (Phou-Thengs) qui semblent être les plus anciens occupants du pays, sont-ils les représentants de la race autochtone ? ou, plutôt, comme permet de le supposer leur aspect physique, descendent-ils des Négritos ?

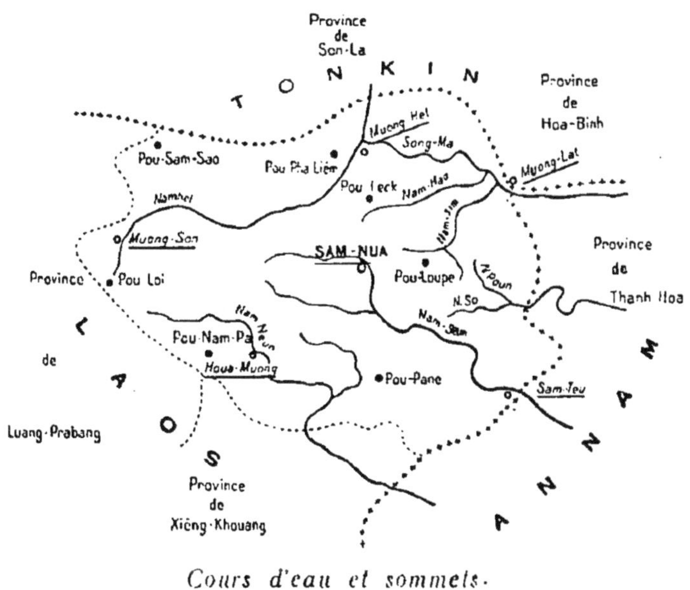

Cours d'eau et sommets.

Echelle approximative : $\dfrac{1}{2.000.000^e}$

Les Khas, eux, prétendent avoir avec les Laotiens une commune origine. Au point de vue physique, ils n'ont cependant aucune ressemblance avec les Thay, et il apparaît raisonnable, jusqu'à nouvel ordre, de ne point se prononcer. Les Khas parlent d'ailleurs une langue totalement différente de celle des Thay.

Les Pongs, qu'on trouve exclusivement en Indochine dans la province des Hua-Phan (Muong-Peun et Song-Khao) ne sauraient être rattachés en tant qu'origine à leurs voisins Thay et Khas. Ils n'en ont effectivement aucun des caractères physiques, ne parlent pas la même langue et ont des mœurs propres.

Peut-être sont-ils originaires, comme ils l'affirment, de la vallée du Nam-Ou supérieur et alors pourrait-on les considérer comme apparentés au Lolos dont la langue ressemblerait à la leur. Comme pour les Khàs nous croyons qu'il serait prématuré de se prononcer sur leur compte.

Les Méos (blancs et noirs) qui habitent les Hua-Phan descendent des Miao-Tsè qui envahirent au 18e siècle, dit-on, les provinces du Sé-Tchouen et du Quang-Si, puis, après avoir été refoulés vers le Sud, s'établirent au Yunnan, dans le Nord du Tonkin et au Laos.

IV. — POPULATION

On peut évaluer à 40.000 le nombre des habitants de la province de Sam-Nua et les répartir comme suit :

Thay-Nua	....	17.500
Thay-Dam	....	2.800
Thay-Deng	....	9.100
Méos	....	4.000
Pongs	....	2.000
Khas	....	4.600

A ajouter : 150 Annamites ; 70 Chinois ; 6 Européens résidant au chef-lieu.

Cliché Ba-Cut.

Sam-Nua. — Jeune laotien (Thay-Nua).

V. — HISTORIQUE

« L'an 1, l'année du rat, l'eau, la terre créés,
« Bouddha organisa le monde.

Cliché Ba-Cat.

Sam-Nua.
Jeune femme Thay-Deng et Pou-Theng (Kha).

« Le Diable créa la pluie et le vent. Il eut la
« charge de délimiter les Etats.

« Ensuite apparurent les arbres et les rochers.
« Par la volonté de Bouddha surgit un mont à qua-
« tre côtés et de là vient le nom de 4 continents.

« Le soleil et la lune, créés, commencèrent cha-
« cun dans leur char une course infatigable autour
« du mont à quatre côtés ; et c'est là l'origine du
« jour et de la nuit.

« La province des Hua-Phan n'était alors qu'une
« terre vague noyée dans l'ombre d'une liane et
« qui ne perçut la lumière que lorsque cette liane
« fut tranchée par les époux Phou-Nhoeu et Nha-
« Nhoeu, envoyés par Dieu. En route, l'attention
« des époux fut attirée par des pleurs provenant
« d'une courge « Nak-Nam » qu'ils se mirent à
« ouvrir ; l'homme avec un coupe-coupe, la fem-
« me à l'aide du feu.

« Les Khas sortirent alors par la partie brûlée les
« Laotiens par la partie ouverte à l'aide du coupe-
« coupe ....
« Un Phou-Thay-Deng tua un porc-épic et laissa
« les piquants pendus à la cloison de son logis.

« Un Annamite les aperçut et en fut tout surpris.
« L'Empereur d'Annam mis au courant de la dé-
« couverte ordonna qu'un porc-épic lui fut présen-
« té dans les 4 mois, sous menace d'exterminer la
« race des Phou-Thay-Dèng.

« Les Phou-Thay-Deng cherchèrent en vain
« l'animal et pour échapper à la menace impériale,
« ils émigrèrent vers la province des Hua-Phan,
« placée sous la suzeraineté du Roi de Vientiane.

« Ce monarque les organisa et nomma les gou-
« verneurs (Thao-Phaya) ....

Les Thay immigrèrent de très bonne heure dans les Hua-Phan que leur situation géographique, la nature très accidentée de leur sol, désignaient tout naturellement comme un refuge sûr aux peuplades refoulées par les conquérants ou à la recherche de terres encore inexploitées.

Ce mouvement, devant lequel les Cambodgiens, qui occupaient alors tout le Haut-Laos furent obligés de battre en retraite et de reprendre le chemin du Sud, prit une ampleur beaucoup plus considérable vers le x⁰ siècle qui marque, croyons-nous, la période la plus active de l'immigration des Thays. On peut admettre que leurs plus forts contigents provenaient de la haute Rivière Noire et de la vallée du Fleuve Rouge.

Les Thay des Hua-Phan furent tour à tour soumis à l'autorité de Vientiane et de Luang-Prabang.

Quand les Siamois s'emparèrent de Vientiane, les Hua-Phan recouvrèrent pour un temps leur indépendance pour retomber, en 1831, sous la coupe de Luang-Prabang dont le roi, avec l'aide du Siam, leur imposa sa suzeraineté.

Quelques années plus tard les Annamites firent leur apparition dans le pays où leur influence prédomina longtemps.

Tout ceci n'alla pas sans une série de troubles et d'invasions.

En 1875, le Chef Kha, Nhi, à la tête de ses congénères que les mauvais traitements dont ils étaient l'objet de la part des Laotiens avaient exaspérés, parcourut le pays avec ses bandes, pillant, tuant tout sur son chemin et infligeant une défaite complète à une armée venue de Luang-Prabang pour s'emparer de lui. Seule la mort de Nhi ramena la paix.

Cliché-Gen.

Sam-Nua. — Méo.

Après les Khas, ce furent les Hos qui vers 1878 envahirent les Hua-Phan pour les piller.

Les Siamois les en chassèrent, mais les Méos venus avec les pillards se fixèrent dans les parties les plus montagneuses et les plus inaccessibles du pays.

Les Laotiens avaient fui devant toutes ces cala mités. Quand ils revinrent, avec des jours meil- leurs, ils trouvèrent installés dans leurs rizières et dans leurs propriétés les plus plantureuses les Thay Deng que l'appât des richesses abandonnées avait attirés de la région de Thanh-Hoa.

Les premiers occupants trouvèrent la plaisanterie mauvaise et se mirent en devoir de reprendre leurs biens. Les Thày-Deng, qui avaient pour eux leur bonne foi évidente et des intérêts indiscutablement acquis sur les terres qu'ils mettaient en valeur depuis des années, se refusèrent à souscrire à la plu- part des exigences des anciens propriétaires. De là des discussions interminables, des frictions d'une gravité très relative, des rivalités sourdes mais tena- ces que le temps n'a pas atténuées et qui nécessitent encore, parfois, l'intervention conciliante de l'Ad- ministration.

Les Hua-Phan, après le traité de 1893, furent oc- cupés par les autorités françaises ; une partie en fut rattachée au Laos, l'autre à l'Annam.

En 1905, le pays tout entier était annexé au Laos, avec Sam-Nua pour chef-lieu.

Dans la nuit du 10 novembre 1914, une bande comprenant une trentaine de Chinois et une qua- rantaine de Thay-Dam armés de mauvais fusils, s'emparait par surprise du poste de Sam-Nua. Pres- que tous les miliciens de la garnison furent tués

Sam-Nua.

Femme Méo et son fils — marchand Yunnanais.

alors qu'ils tentaient de s'enfuir du blockhaus que l'assaillant avait incendié.

L'Adjoint au Commissaire du Gouvernement, réveillé par les coups de feu, n'eut que le temps de gagner la forêt. M. Lambert, le Commissaire du Gouvernement, dont la maison était en flammes, chercha lui aussi à gagner la rizière proche. Un coup de fusil l'abattit au pied d'un talus où il fut retrouvé encore vivant, par les bandits, le lendemain matin.

Les Chinois voulaient obliger M. Lambert à se prosterner devant leur chef. Le Commissaire du Gouvernement refusa fièrement, préférant la mort; il fut poignardé.

La caisse qui contenait 100.000 piastres fut pillée.

Un détachement de Garde indigène fut alors dépêché pour chasser les Chinois, mais il tomba dans une embuscade à 5 kilomètres de Sam-Nua et les gardes s'enfuirent, abandonnant sur le terrain le corps de leur chef, l'Inspecteur Tuyaa mortellement atteint.

Le 12 décembre, apprenant qu'un nouveau détachement marchait sur Sam-Nua, la bande quittait le pays, prenant la direction de Son-La.

En 1919-1920, les Méos de la région de Muong-Son, excédés par les abus de toutes sortes dont ils étaient victimes de la part des autorités laotiennes et aussi entraînés par la rébellion des Méos de Dien-Bien-Phu, se révoltèrent. Révolte sans grande importance et autour de laquelle on a peut-être fait plus de bruit qu'il ne convenait. Elle fut limitée aux seuls groupes Méos de Muong-Son, les autres nous demeurant fidèles.

Tout rentra dans l'ordre à la mort de Ba-Chay, le chef des rebelles de Dien-Bien-Phu, et le calme n'a cessé de régner depuis.

Le 15 février 1927, une escadrille provenant de Xieng-Khouang et composée de 3 avions, atterrissait sur le terrain jusque-là vierge de Nong-Khang, — distant de 35 kilomètres de Sam-Nua —, aux yeux émerveillés d'un millier de Laotiens, Méos et Khas, venus de très loin saluer M. le Résident supérieur au Laos Jules Bosc, qui venait visiter la province la plus excentrique de son immense domaine.

Sam-Nua.
Jeunes femmes Thay-Khay et Thay-Dam.

Le 18 février, malgré un vent violent et un brouillard épais, l'escadrille reprenait son vol vers Hanoi où elle atterrissait peu après, terminant ainsi sans encombre une randonnée émouvante et périlleuse, au-dessus de régions chaotiques, désertes et hostiles.

VI. — COMMERCE

La province des Hua-Phan est bloquée dans ses montagnes et il nous semble prématuré d'envisager l'imminence de son éveil économique.

Dépourvue de voies de communications faciles, routes ou chemins muletiers, que ne manqueraient pas d'emprunter colporteurs et caravaniers provenant du Tonkin et de l'Annam, elle n'a donné lieu jusqu'à ce jour qu'à des transactions commerciales aussi peu importantes qu'irrégulières.

Il vient d'être créé deux marchés, l'un à Sam-Nua, chef-lieu de la province, l'autre à Ban-Kang-Muong, village situé, au centre des populeuses et riches vallées de la Nam-Xim et de la Nam-Poun. Malheureusement ces marchés, assez fréquentés par les gens du pays, n'ont pas encore attiré les commerçants des provinces limitrophes et cela tient, comme nous l'avons noté plus haut, à la précarité des voies de communications.

La population, devant l'impossibilité où elle se trouverait d'écouler les produits de toute nature de son sol, de son sous-sol et de ses artisans, borne sa production au strict nécessaire et ce qu'on prend, chez elle, pour de la paresse n'est au fond que de la prudence.

Les Chinois, originaires pour la plupart du Yunnan, qui résident au chef-lieu, assurent à peu près
exclusivement, au moyen de chevaux de bât et en
utilisant le très mauvais chemin Chobo-Sophao-
Sam-Nua, le ravitaillement des fonctionnaires et des
boutiquiers annamites de la province. Ils évacuent
par la même voie : sticklaque, benjoin et caoutchouc achetés par eux dans le pays, concurremment
avec les trafiquants laotiens venus de Luang-Prabang et quelques commerçants annamites du
Thanh-Hoa.

La dernière foire de Hanoi a confirmé le succès
obtenu auprès du public par les écharpes de soie
et les tissus divers toujours délicatement dessinés,
qu'exécutent les femmes laotiennes et thay des
Hua-Phan. Nul doute que ces dernières n'inten-
sifient dans des proportions considérables le rendement de leurs très artistiques travaux, le jour où
elles auront la certitude d'un placement facile.

Il y a là quelque chose d'intéressant à tenter
et une réclame habilement menée par la presse et
aussi par l'Administration ne manquerait pas de
mettre en vedette, tant en Indochine qu'en France,
les très jolis et très originaux tissus de Sam-Nua,
dont le prix est d'ailleurs à la portée des bourses
les plus modestes.

VII. — INDUSTRIE

Tissus. — Chaque maison laotienne ou thay
est pourvue d'un métier à tisser qui sert à la confection de la toile destinée à l'habillement des mem-
bres de la famille.

Indépendamment de la fabrication de ces tissus de première nécessité, la soie et le coton sont tour à tour transformés par de très habiles tisseuses en superbes écharpes aux teintes harmonieusement dosées, en bas de jupes aux dessins d'une délicieuse naïveté, en turbans aux tons chauds d'une originalité incomparable, etc.

Comme nous l'avons dit plus haut, il y a là pour les habitants de certaines régions de la province, qui se signalent tout spécialement par le talent de leurs tisseuses, la perspective de revenus importants le jour où une propagande judicieusement menée leur aurait procuré des débouchés certains.

La production de la soie et du coton, qui suffit amplement, à l'heure actuelle, aux besoins locaux, pourrait être très largement intensifiée, si les demandes venues du dehors l'exigeaient. Les Hua-Phan pourraient ainsi, sans gros effort, devenir exportateurs de soie et ceci est à retenir.

Fer. — L'industrie du fer est pratiquée sur une modeste échelle par les Khas, les Pongs et les Méos. Ceux-ci fabriquent avec le minerai qu'ils traitent à l'aide de procédés rudimentaires, des coupe-coupes, des socs de charrue, des ustensiles de cuisine, etc., pour les besoins purement locaux.

Soufre. — Le soufre est exploité dans la région même de Sam-Nua où on le trouve en petites quantités. Il entre dans la composition de la poudre de chasse ; la production en est infime.

Poterie. — Dans la région de Muonghet on fabrique des poteries de très bonne qualité, employées pour le transport de l'eau et la fabrication de l'alcool de riz.

Vannerie. — Les Khas excellent dans la confection d'objets en rotin, tels que corbeilles, nattes, sièges en forme de paniers renversés, etc.

VIII. — AGRICULTURE

Le riz. — Rizières de plaine et rays fournissent en quantité suffisante le riz nécessaire à la consommation locale. La production pourrait en être beaucoup plus importante si les habitants ne se bornaient en général, à cultiver les seuls terrains d'irrigation facile, négligeant de vastes superficies qu'un travail annuel peu considérable transformerait en excellentes rizières.

Cependant il arrive périodiquement que par suite de l'insuffisance des pluies ou des ravages causés par les rats, la récolte est déficitaire et que la famine s'abat sur des villages entiers dont l'imprévoyance incorrigible est alors sévèrement punie.

Les plus riches et les plus vastes rizières de la province sont situées en bordures des cours d'eau importants, à savoir :

Le Song-Ma	(Xieng-Kho)
La Nam-Het	(Muong-Het, Na-Pa) ;
La Nam-Sam ...	(Muong-Kha, Sam-Teu) ;
La Nam-Xim ...	(Xieng-Louang, Xieng-Mène) ;
La Nam-Poun ..	(Muong-Poun, Ban-Doi) ;
La Nam-Hao ...	(Muong-Poua, Sop-Hao) ;
La Nam-Soi	(Muong-Soi).

Il n'est fait qu'une seule récolte par an qui se traduit par un rendement global moyen de 10.000 tonnes de paddy.

Le coton. — Le coton s'accommode parfaitement du sol de la province où on le rencontre un peu partout. Il est cultivé sur une plus grande échelle dans les parages de Muong-Het et de Xieng-Kho. La production annuelle satisfait aux exigences des indigènes qui pourraient, si besoin était, l'augmenter dans de notables proportions. On peut espérer que dans un avenir prochain, avec la création de voies de débloquement du pays, les acheteurs de coton viendront s'approvisionner dans les Hua-Phan tout disposés à donner une extension beaucoup plus considérable à une culture qui convient à ses habitants et qui est restée, jusqu'à présent, limitée à leurs seuls besoins.

Le sticklaque. — La production en est très variable suivant les années et cela tient à un manque de méthode regrettable, autant qu'à l'indifférence des indigènes qui persistent à utiliser un arbuste fragile et d'un faible rendement, le pois d'angole. au lieu d'adopter pour le placement du broodlaque le Ko-Khao-Chi et le Kophen, beaucoup plus robustes dont plusieurs milliers de plants existent déjà sur la concession Bénard voisine de Muonghet.

L'Administration ne cesse de donner conseils et encouragements à la population en vue d'améliorer et d'intensifier une culture qui pourrait être pour le pays une source de richesses.

Il y a, d'autre part, de ce côté-là des grosses possibilités pour une exploitation dotée de capitaux suffisants, et méthodiquement organisée et conduite. L'effort tenté par la société de la gomme laque J. Bénard mérite d'être retenu et encouragé ; nous espérons qu'il sera poursuivi.

Le caoutchouc. — Comme pour le sticklaque la production annuelle en est très irrégulière. Les indigènes ne consentent à saigner les lianes à caoutchouc que lorsqu'ils y sont poussés par le besoin d'argent.

Les lianes, de belles dimensions, existent en grande quantité dans les forêts de la province mais nous ne pensons pas que, même avec une main-d'œuvre plus abondante et plus intéressée, le caoutchouc des Hua-Phan, malgré son excellente qualité, rivalise jamais avec celui apporté sur le marché par les autres parties de l'Union indochinoise.

Une exploitation entreprise ici, sur une grande échelle, ne saurait à notre avis prétendre à de gros profits.

Le benjoin. — L'arbre à benjoin représente incontestablement la véritable et durable richesse du pays. On le rencontre dans la plupart des forêts de la province où il se reproduit avec facilité et rapidité malgré les coupes sombres dont il est souvent victime de la part d'indigènes plus soucieux d'en tirer, d'un coup, le maximum que de se réserver, par des saignées modérées, d'inépuisables revenus.

Des quantités assez considérables de benjoin sortent annuellement de la province où les trafiquants annamites et luangprabannais ainsi que les représentants de quelques firmes françaises viennent l'acheter à des prix très réduits : 45 à 5o piastres les 6o kilogs.

On peut, sans exagération, affirmer que le rendement pourrait être décuplé avec une main-d'œuvre spécialisée et plus nombreuse et que les Hua-

Phan, qui comptent déjà parmi les gros producteurs de benjoin, n'auraient aucune peine à prendre, et de loin, le premier rang sur le marché mondial.

Autres cultures. — La province produit du manioc, du tabac d'excellente qualité, du maïs, du chanvre, du pavot, de la ramie, du ricin, etc... mais en petites quantités.

On trouve dans les Hua-Phan des arbres fruitiers d'Europe, donnant de bons fruits : pêchers, pruniers, abricotiers, etc... Ils ne sont d'ailleurs l'objet d'aucun soin et se reproduisent comme ils peuvent aux abords des villages.

Certaines régions, Muong-Soi, Ban-Kang-Muong, Muonghet, donnent de belles oranges savoureuses et de délicieuses mandarines de la grosse espèce.

Des cocotiers, produisant de belles noix, existent en assez grand nombre dans la région de Muonghet, Xieng-Kho.

IX. — ELEVAGE

Bœufs et buffles. — La province pourrait devenir un centre d'élevage important, susceptible d'approvisionner les pays limitrophes, en particulier le Nord-Annam, si la population voulait s'astreindre à donner au bétail les soins les plus élémentaires qu'elle lui a refusés jusqu'à ce jour par ignorance autant que par indifférence.

Bœufs et buffles vivent en liberté pendant la plus grande partie de l'année et ne sont rassemblés par leurs propriétaires qu'au moment du labourage des rizières. Ils se reproduisent sans aucun contrôle et, partant, au petit bonheur, dans un pays qui possède, en de nombreux secteurs, de vastes pâturages et où les maladies épidémiques sont extrêmement rares.

Annuellement, un certain nombre de têtes sont achetées par des commerçants annamites qui les acheminent vers le Thanh-Hoa.

Chevaux. — Le cheval des Hua-Phan a les caractéristiques de son frère des régions montagneuses du Haut-Tonkin. Il est petit, ramassé, très courageux, très résistant et peu exigeant.

Les Méos seuls en font l'élevage, mais un élevage très restreint qui donne cependant de bons résultats puisque c'est chez ces montagnards qu'on rencontre les plus jolies bêtes.

Il serait à désirer que l'élevage du cheval fût pratiqué sur une plus grande échelle, dans une province excentrique où la question des transports est primordiale et où l'on se doit d'arriver, dans le plus bref délai, à la suppression du portage qui pèse assez lourdement sur une population clairsemée et hostile à ce genre d'obligation.

Une campagne active est menée dans ce sens par l'Administration.

Moutons. — Les moutons s'acclimatent bien dans le pays. Une expérience récemment tentée, mais portant malheureusement sur une trop petite quantité de sujets, a donné des résultats encourageants. Il ne faut pas compter sur les indigènes pour la renouveler et la poursuivre.

Chèvres. — Beaucoup de chèvres dans le pays, et de la plus belle race, fine, fringante et robuste. Elevage facile qui ne déplaît pas aux habitants.

Vers à soie. — L'élevage des vers à soie est actuellement prospère, mais comme nous l'avons précédemment noté, il ne porte que sur des quantités de peu d'importance qui correspondent d'ailleurs aux besoins locaux.

On pourrait aisément lui donner une extension beaucoup plus grande si les demandes de soie ou d'écharpes venues de l'extérieur, venaient à l'exiger.

Les vallées de la plupart des rivières, en particulier, celles du Song-Ma et du Nam-Het, se prêtent admirablement à la culture du mûrier et le climat convient là parfaitement à l'élevage du ver à soie.

X. — SOUS-SOL

Le sous-sol des Hua-Phan n'a été l'objet, jusqu'à présent, d'aucune étude sérieuse et avant de se prononcer sur les richesses présumées qu'il contient, il est bon d'attendre que des techniciens accrédités par l'Administration viennent sur place se livrer à une exploration méthodique du terrain. Aussi, les indications volontairement succinctes que nous donnons ci-après, sur les possibilités minières du pays doivent-elles être accueillies uniquement comme de simples observations susceptibles d'éviter, dans une large mesure, hésitations et perte de temps.

Or. — Les Chinois ont abandonné depuis fort longtemps les diverses exploitations qu'ils avaient entreprises dans plusieurs parties de la province, en particulier à Muong-Sang (quartz aurifère) Muong-Poua (quartz aurifère) Ban-Na-Nang (sables aurifères) Muong-Son (alluvions).

Les recherches futures devront tout d'abord porter, à notre avis, sur ces régions bien connues des habitants et d'un accès relativement facile.

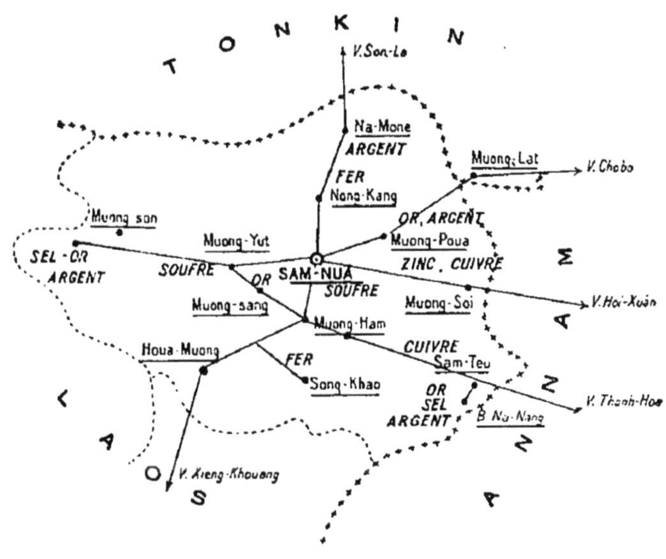

Gisements miniers.

Platine. — Aucun gisement à notre connaissance.

Zinc. — Gisement dans la vallée du Nam-Poun.

Argent et plomb argentifère. — Gisement dans la région de Muong-Son, dans la vallée du Nam-Poun, à Na-Mone, aux abords de Sam-Teu.

Presque tous, disent les indigènes, auraient été autrefois exploités par les Chinois.

Cuivre. — Gisements probables dans les parages de Sam-Teu, Muong-Soi et Muong-Poua.

Fer. — La montagne dénommée Pou-Leck, voisine de Nong-Khang, contient des gisements très importants exploités par les villages environnants.

La région de Song-Khao (Est de Houa-Muong) recèle aussi des gisements exploités par les habitants.

Il est hors de doute que le fer existe un peu partout dans les montagnes de la province. La teneur du minerai serait, en général, pour les gisements déjà reconnus, de 50 à 70 o/o.

Lignite. — Aucun gisement à notre connaissance.

Sources thermales et minérales. — La source sulfureuse de Muong-Yut, dont la température n'est pas éloignée de 100 degrés, qui jaillit à quelques mètres du cours du Nam-Yut, est de beaucoup la plus importante de celles qu'on rencontre d'autre part à Muong-Ham, Muong-Son, Sam-Nua, etc...

Les sources salées ne manquent pas non plus. (Muong-Son, Sam-Teu, etc...), mais l'évaporation de l'eau de ces sources donne un sel amer difficilement consommable. Aussi tout le sel consommé dans les Hua-Phan est-il importé.

Sam-Nua. — A droite, au premier plan : logement du chef de province ;
A gauche : logement du commandant de la brigade de Garde indigène ;
Au fond, sur le mamelon : logement du médecin chef de service.

XI. — FORÊTS

Les forêts couvrent les deux tiers de la superficie des Hua-Phan. Elles constituent une réserve d'une richesse extrême tant par leur importance que par la variété des essences qu'elles recèlent.

Inexploitées et de longtemps inexploitables en raison de l'absence de voies de communications faciles et de l'impossibilité d'utiliser les cours d'eau pour l'évacuation des bois, elles échappent fort heureusement aux méfaits des Méos, — grands destructeurs des forêts, — qui restent cantonnés dans des secteurs de faible étendue.

A noter, dans la région de Muong-Peun, la présence de pins et de peu-mou de la plus belle taille, et dans presque tout le pays de superbes châtaigniers.

Les arbres à benjoin, qu'on trouve un peu partout, sont plus nombreux dans les parages de Muong-Ham, Muong-Vène et dans la région de Sam-Teu.

Les lianes à caoutchouc, en général de belle venue et très productives, se rencontrent dans la plupart des forêts mais en particulier dans celles de Muong-Son, Houa-Muong et Sam-Teu.

XII. — TOURISME

Chasse, pêche, etc... La nature a favorisé les Hua-Phan. Elle y a répandu, à profusion, dans ses montagnes magnifiquement parées de forêts millénaires, tour à tour sauvages et riantes, dans ses vallées profondes et fraîches où coulent sans intermittence des torrents aux eaux limpides ou de larges rivières barrées d'impressionnants rapides, ses couleurs les plus rares.

Chez qui a parcouru, à petites étapes, ce splendide pays aux aspects sans cesse variés, — le matin, à l'heure où le sous-bois s'éveille avec le murmure assourdi des ruisseaux et la plainte sonore des grands gibbons, ou le soir, aux approches de la nuit, quand la fraîcheur retombe sur la terre lasse d'une journée de feu et que cerfs et chevreuils, regagnant leurs refuges, clament par intervalles leurs appels frénétiques, — demeure le souvenir inoubliable et toujours vivace d'une quiétude infinie, d'un charme prenant et nostalgique.

Comment exprimer la sérénité des nuits passées au seuil de la forêt mystérieuse, sous le chaume de ces cases laotiennes toujours coquettes, toujours originales, toujours accueillantes, fraternellement groupées devant le parterre verdoyant ou doré, suivant la saison, de leurs rizières que bornent d'impénétrables frondaisons ?

Malheureusement, l'accès de cette lointaine province n'est pas à la portée de tous. Il faut être cavalier résistant, de robuste santé, prêt à s'accommoder d'une couche souvent rudimentaire et à affronter des pistes rocheuses ou argileuses aux pentes très raides et glissantes, pour être admis à jouir pleinement de cette captivante nature, sans l'amertume que provoquent toujours des fatigues physiques inattendues et un confort des plus relatifs.

Le gibier de toutes catégories est très largement représenté dans les Hua-Phan. Tigres, panthères, chevreuils, cerfs pullulent dans toutes les régions.

On trouve à côté du paon et du faisan argenté, coqs et poules sauvages, perdrix, cailles, ramiers, pigeons verts, palombes, bécasses en hiver et bécassines en été.

Bœufs sauvages à la taille imposante et à l'humeur farouche, ours noirs, sangliers, loups, renards et chats sauvages s'offrent aussi au fusil du chasseur qui doit être ici courageux, entraîné, ardent mais patient.

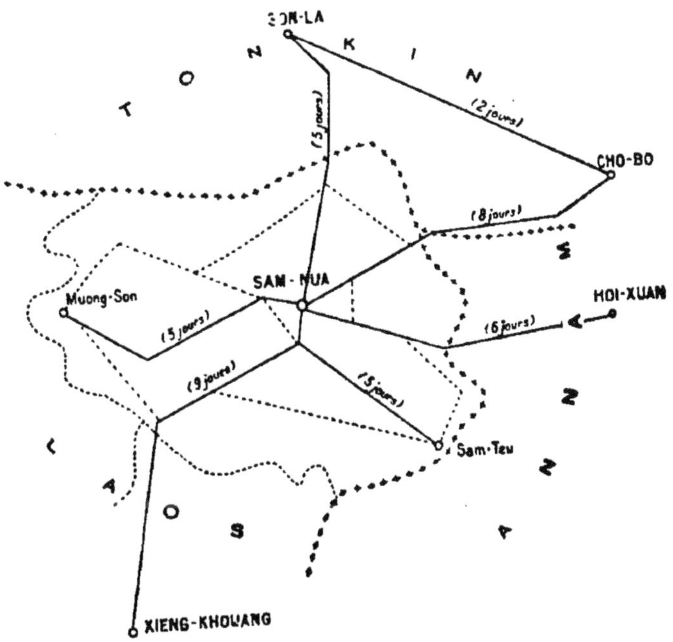

Principaux Itinéraires.

Quelques éléphants se montrent périodiquement dans la région de Sam-Teu et l'on trouve encore à une journée au Sud de Muong-Son, un groupe très réduit de rhinocéros, difficilement abordable, qui vit dans des taillis épineux et impénétrables aux abords de marécages, dans un pays désert et difficile.

Tous les cours d'eau sont poissonneux malgré la guerre sans merci que livre au poisson de toutes tailles une population heureusement clairsemée de pêcheurs experts et infatigables.

Le Song-Ma, sur tout son parcours, la Nam-Het vers Muong-Het et Muong-Khao, la Nam-Sam à Muong-Khan et Sam-Teu recèlent des pièces énormes à chair exquise dont nous avons pris nous-mêmes, à l'épervier, des spécimens d'un poids voisin de trente kilogs. Les tortues ne manquent pas non plus dans ces trois rivières et leur chair, pour n'être pas succulente, n'en est pas moins très mangeable et tendre.

Aux amateurs d'émotions fortes et de danger, on peut offrir, sous réserve qu'ils soient bons nageurs et prêts aux pires éventualités, la descente en pirogue légère, spécialement aménagée pour la circonstance, et le passage des nombreux rapides du Song-Ma, entre Muong-Het et Sop-Hao, ou de la Nam-Neun entre Phong-Sa-Thone et Houa-Muong.

Les piroguiers Thay et Laotiens sont également courageux et robustes et on peut s'en remettre entièrement, dans les instants les plus critiques, à leur sagacité et à leur adresse.

Il n'existe pas dans la province de pagodes ou de monuments susceptibles de retenir l'attention du touriste.

Cascades et grottes abondent dans tout le pays et peuvent faire l'objet d'excursions fort intéressantes pendant la saison sèche, la seule qui convienne d'ailleurs aux longues randonnées et à la chasse.

Les papillons des Hua-Phan ne sont ni plus ni moins intéressants que ceux des régions de l'Indochine les plus favorisées sous ce rapport. Ils sont, en revanche, moins nombreux ici qu'ailleurs et cela tient probablement à l'altitude. D'autre part, il est pour le moins exagéré d'affirmer, comme on l'a déjà fait, qu'ils sont les plus beaux du monde ; ceci dit pour la gouverne des amateurs de papillons qui seraient tentés de venir ici chercher l'échantillon rare et s'en retourneraient certainnement déçus.

XIII. — ADMINISTRATION

La province des Hua-Phan, qui fait partie du Laos, est dirigée par un Commissaire du Gouvernement placé sous le haut contrôle du Résident supérieur au Laos.

Le Commissaire du Gouvernement est secondé par un adjoint, fonctionnaire des Services civils de l'Indochine et plusieurs secrétaires indigènes du cadre du Laos.

La province est divisée en sept circonscriptions administratives, ayant chacune à leur tête un Chao-Muong ou un Nai-Kong, suivant leur importance ; ce sont :

les Muong de : Sam-Nua ; Sam-Teu ; Xieng-Kho; Muong-Son.

les Kong de : Muong-Soi ; Houa-Muong ; Muong-Het.

Le Chao-Muong, ou le Nai-Kong, est responsable vis-à-vis du chef de province, de la police et de l'administration de sa circonscription. Il est aidé dans sa tâche par un certain nombre de fonctionnaires ou de notables indigènes : Oupahat, Phouxouei, tassèng (chef de canton), naiban (chef de village), etc...

Il existe, par Muong, un tribunal, dont le Chao-Muong, qui rend la justice en première instance, est le président.

Le Tribunal d'appel siège au chef-lieu. Il est présidé par le Commissaire du Gouvernement, juge de paix à compétence étendue.

Chaque Muong et Kong dispose en principe. pour la tenue de ses écritures et de ses archives d'un secrétaire appelé samien.

Sam-Nua, chef-lieu de la province des Hua-Phan, est un petit centre qui se développe lentement au milieu d'un cirque assez vaste et pittoresque, d'une altitude voisine de 1.000 mètres, qu'arrose le Nam-Sam. Il comprend trois groupements, distincts quoique soudés les uns aux autres, qui s'échelonnent du Sud au Nord, de part et d'autre de la rue principale :

Le quartier européen avec les bâtiments administratifs, le logement des fonctionnaires français. la prison et le camp de la Garde indigène. Il est spacieux et bien aéré.

Le quartier sino-annamite, composé en majeure partie de boutiques bien pourvues de toutes sortes de denrées auxquelles on est heureux parfois de faire appel malgré leur prix extrêmement élevé.

Les Annamites y ont leur pagode, tout récemment terminée.

Le quartier laotien, avec une soixantaine de cases d'un modèle uniforme, une pagode assez misérable et quelques thât dont plusieurs datent d'une époque reculée.

Le marché, qui a lieu chaque dimanche, est situé entre les quartiers sino-annamite et laotien.

La police de la province est assurée par une brigade de garde indigène qui détache au poste de Muong-Son, situé à cinq jours de marche du chef-lieu, une trentaine de fusils commandés par un agent européen de la Garde indigène.

Le service de l'Assistance médicale est dirigé par un médecin européen qui réside au chef-lieu où il s'occupe tout spécialement de l'infirmerie-ambulance. Un médecin auxiliaire indigène et plusieurs infirmiers lui sont adjoints. Deux dispensaires sont en voie de construction à Muong-Het et Muong-Son, agglomérations populeuses de la province.

Des dépôts de médicaments ont été dernièrement constitués dans d'autres centres importants, trop éloignés de Sam-Nua pour que l'action du médecin chef de service puisse s'y exercer efficacement : Houa-Muong ; Muong-Soi ; Muong-Vène ; Muong-Poua ; Sam-Teu.

Les autorités indigènes, munies d'instructions écrites détaillées, distribuent gratuitement ces médicaments simples aux malades de leur secteur en attendant, pour certains, leur transport à l'ambulance ou la venue du docteur.

Pendant la saison sèche de fréquentes tournées médicales et de vaccination sont effectués par les deux médecins.

Il existe actuellement deux écoles élémentaires dirigées par des moniteurs laotiens, l'une à Sam-Nua, l'autre à Muong-Het. Il est prévu l'ouverture prochaine de trois nouvelles écoles élémentaires la première à Sam-Teu, la deuxième à Xieng-Mène, la troisième à Muong-Son.

Sam-Nua est relié télégraphiquement à Hanoi par Cho-Bo. Cette ligne unique, dont l'entretien périodique provoque de gros frais, est souvent interrompue et le chef-lieu de la province demeure alors privé de communications avec l'extérieur pendant plusieurs jours. On envisage la création d'un poste de T. S. F. à Sam-Nua, qui se trouverait ainsi en liaison directe, de jour et de nuit, avec Hanoi, Vientiane, Luang-Prabang et Lai-Chau.

Lettres et colis postaux sont acheminés de Thanh-Hoa sur Sam-Nua par Hoi-Xuan et transportés à dos de coolies qui effectuent le trajet Hoi-Xuan-Sam-Nua en 6 jours. D'Hoi-Xuan à Thanh-Hoa fonctionne un service postal automobile (une demi journée.

Le courrier part de Sam-Nua deux fois par semaine le lundi et le vendredi. Il y arrive le dimanche et le jeudi.

Un service régulier hebdomadaire de trams postaux entre Sam-Nua et Muong-Son, et Sam-Nua et Muong-Het a été récemment créé.

XIV. — VOIES DE COMMUNICATIONS

Il n'existe pas de routes ou de chemins carrossables dans la province.

Les chemins, sentiers et pistes les plus fréquentés sont régulièrement entretenus et améliorés à l'aide des crédits, — modestes, car le Laos est pauvre, — qui leur sont annuellement consacrés. Ces crédits ne permettent évidemment pas de réaliser les tra-

Sam-Nua.
Devant l'hôtel du Commissaire du Gouvernement.

vaux importants et de longue haleine qui amène-
raient le débloquement tant désiré d'un pays qui
étouffe dans ses montagnes, avec ses richesses agri-
coles, minières et forestières. On a fait cependant et
on continue à faire de gros efforts dans ce but et un
avenir prochain semble réserver à cette fille éloignée, mais non pas négligée de la grande famille
laotienne, la réalisation de ses vœux les plus chers
et les plus légitimes :

la création d'une route vers la voie ferrée et la
mer, par Hoi-Xuan et Thanh-Hoa ;

l'achèvement d'un bon chemin muletier vers la
Rivière Noire par Xieng-Dong et Ta-Khoa.

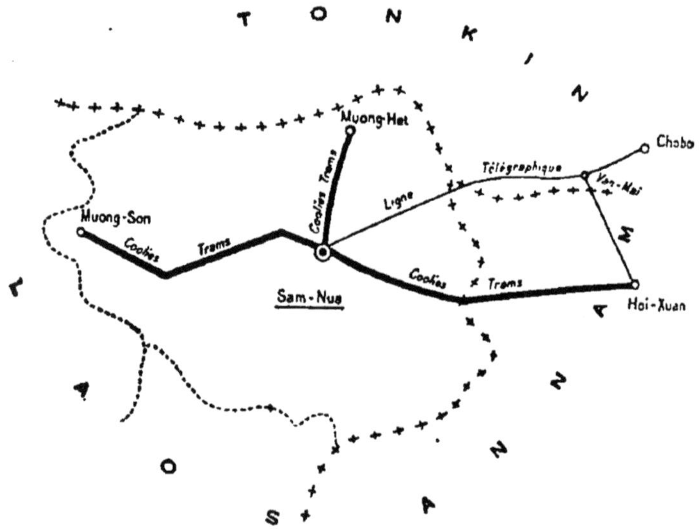

Communications postales et télégraphiques.

Le Résident supérieur au Laos qui connaît mieux
que personne le mal curable dont souffre la province et qui ne laisse échapper aucune occasion de

lui témoigner un agissant intérêt, s'occupe, en effet,
très activement de résoudre cette question capitale
pour l'avenir du pays.

ITINÉRAIRES PRINCIPAUX

a) *Sam-Nua-Hanoi par Cho-Bo.*

1ᵉʳ jour, Sam-Nua-Muong-Poua .... 35 km. ;
2ᵉ jour, Muong-Poua-Dan-Hoa .... 25 km. ;
3ᵉ jour, Dan-Hao-Muong-Lat .... 25 km. ;
 ᵉ jour, Muong-Lat-Muong-Ly .... 33 km. ;
)ᵉ jour, Muong-Ly-Muong-Pan .... 25 km. ;
 ᵉ jour, Muong-Pna-Mai-Hoa .... 28 km. ;
 ᵉ jour, Mai-Hoa-Su-Yut .... 25 km. ;
 ᵉ jour, Su-Yut-Cho-Bo .... 12 km. ;
 ᵉ jour, Cho-Bo-Hanoi (chaloupe).

NOTA. — Chemin suivi par les caravaniers chi-
ois qui assurent avec leurs chevaux de bât le ravi-
aillement des fonctionnaires européens et indigè-
ıes, et des boutiquiers du chef-lieu.

Extrêmement mauvais et peu entretenu entre
ſuong-Lat et Mai-Hoa (Annam) et Mai-Hoa et Su-
ut (Tonkin). Cet itinéraire est également emprun-
é par les Européens provenant de Hanoi où ils
ı'ont pu être exactement renseignés. Plusieurs gués
angereux même en saison sèche. A abandonner.

b) *Sam-Nua-Hanoi par Hoi-Xuan.*

 ᵉʳ jour, Sam-Nua-Xieng-Louang ..... 36 km. ;
 ᵒ jour, Xieng-Louang-Muong-Poun .. 35 km. ;
 ᵉ jour, Muong-Poun-Ban-Na-Mèo .... 16 km. ;
 ᵉ jour, Ban-Na-Mèo-Muong-Min ..... 30 km. ;

5ᵉ jour, Muong-Min-Co-Nam .... 3o km. ;
6ᵉ jour, Co-Nam-Hoi-Xuan .... 25 km. ;
7ᵉ jour, Hoi-Xuan-Thanh-Hoa (automobile) ;
8ᵉ jour, Thanh-Hoa-Hanoi (automobile ou chemin de fer).

Nota. — En Annam, chemin très médiocre et peu entretenu, entre Ban-Na-Meo et Hoi-Xuan. Route automobilable également très médiocre entre Hoi-Xuan et Thanh-hoa.

c) *Sam-Nua-Hanoi, par Son-La et Rivière Noire*

1ᵉʳ jour, Sam-Nua-Nong-Khang ...... 35 km. ;
2ᵉ jour, Nong-Khang-Muong-Het .... 35 km. ;
3ᵉ jour, Muong-Het-Na-Mone .... 24 km. :
4ᵉ jour, Na-Mone-Cho-Long .... 31 km. ;
5ᵉ jour, Cho-Long...km 43 de la route carrossable de :
   Son-La à Xieng-Dong .... 8 km. ;
   du km 43 à Son-La (auto) ... 43 km. ;
   de Son-La à Ta-Bu (auto) .... 29 km. ;
6ᵉ jour, Ta-Bu-Van-Yen .... (pirogue)
7ᵉ jour, Van-Yen-Cho-Bo .... (pirogue)
8ᵉ jour, Cho-bo-Hanoi .... (chaloupe)

Nota : Itinéraire le plus facile et le plus intéressant, à condition de disposer d'une automobile du km 43 à Ta-Bu.

La partie du chemin comprise entre Sam-Nua et la limite de la province (7 km N de Na-Mone) vient d'être entièrement revue et élargie. — C'est le futur chemin muletier de débloquement par Ta-Khoa, village situé au bord de la Rivière Noire.

Sam-Nua. — Le camp de la Garde indigène.

d) *Sam-Nua-Xieng-Khouang.*

1er jour, Sam-Nua-Muong-Ham .... 16 km. ;
2e jour, Muong-Ham-Muong-Peun .... 32 km. ;
3e jour, Muong-Peun-Houa-Muong ..... 36 km. ;
4e jour, Houa-Muong-Muong-Lap ..... 17 km. ;
5e jour, Muong-Lap-Tham-La .... 35 km. ;
6e jour, Tham-La-Muong-Khao .... 35 km. ;
7e jour, Muong-Khao-Muong-Tha ..... 20 km. ;
8e jour, Muong-Tha-Ban-Ban .... 20 km. ;
9e jour, Ban-Ban-Xieng-Khouang (automobile).

NOTA : Sentier à très fortes pentes, plusieurs étapes sont très dures.

e) *Sam-Nua-Muong-Son.*

1er jour, Sam-Nua-Houa-Xieng .... 17 km. ;
2e jour, Houa-Xieng-Muong-Yut ...... 34 km. ;
3e jour, Muong-Yut-Pong-Sa-Thone ... 35 km. ;
4e jour, Pong-Sa-Thone-Pha-Peet ..... 28 km. ;
5e jour, Pha-Peet-Muong-Son .... 16 km. ;

NOTA : très dur de Houa-Xieng à Muong-Yut.

f) *Sam-Nua-Sam-Teu.*

1er jour, Sam-Nua-Muong-Ham .... 16 km. ;
2e jour, Muong-Ham-Muong-Vène .... 34 km. ;
3e jour, Muong-Vène-Xieng-Ban ...... 37 km. ;
4e jour, Xieng-Ban-Muong-Kan ...... 30 km. ;
5e jour, Muong-Kan-Sam-Teu .... 24 km. ;

NOTA : dur entre Xieng-Ban et Muong-Kan.

De mai à octobre, les déplacements sont en principe suspendus à cause des pluies qui rendent la plupart des chemins extrêmement glissants et en partie impraticables, les gués très dangereux, la traversée en pirogue du Song-Ma et de la Nam-Het des plus hasardeuses, et provoquent la chute d'arbres qui viennent obstruer le passage.

Janvier et février sont les mois les plus favorables pour les longues randonnées à travers la province, les nuits sont cependant très froides et il est bon de se munir de plusieurs couvertures pour la nuit et d'un pardessus pour la journée.

XV. — CONSEILS AUX VOYAGEURS

La population de Hua-Phan est essentiellement douce, honnête, hospitalière.

L'étranger qui parcourt la province est certain de trouver dans tous les villages où il est appelé à séjourner l'accueil le plus chaleureux et le plus enjoué. Chaque fois qu'il est annoncé, les notables, et souvent femmes et jeunes filles, se rendent au devant de lui ; des fleurs et des petites bougies de cire lui sont offertes en témoignage de la joie qu'on éprouve à le recevoir et il se doit de les accepter avec une satisfaction non dissimulée.

Un compartiment, toujours propre, où il pourra passer la nuit dans de bonnes conditions, lui est réservé dans la maison du plus important notable du lieu.

Le personnel indigène qui l'accompagne et ses chevaux seront toujours l'objet de soins empressés de la part de ses hôtes.

Qu'il ne s'inquiète point des usages et des traditions qu'il ignore et qu'il pourrait être amené à transgresser involontairement s'il manquait de discrétion. Qu'il s'en remette entièrement à ceux qui l'accueillent et le guideront. Ils lui indiqueront la place d'honneur qu'il doit occuper à l'heure où l'on se groupe autour de la jarre d'alcool, libation à laquelle il ne saurait se dérober sans froisser ses hôtes.

Son cuisinier se verra désigner le foyer qu'il peut utiliser sans mécontenter les génies de la maison, très conciliants au fond.

Ses bagages lui seront apportés par les voies et dans les formes admises et déposées là où il convient.

Sa couche sera préparée.

Ne pas oublier que dans les Hua-Phan la venue d'un Européen dans un village laotien ou thay est toujours le prétexte d'une fête générale. Cette fête se prolonge fort avant dans la nuit, avec un copieux repas, bien arrosé d'alcool de riz, dont un buffle ou un bœuf offert par la communauté fait les frais.

Voyageur, las d'une journée de cheval et tout disposé à vous allonger sur la couche proche, résistez au sommeil et tenez jusqu'au bout, pour bien montrer à vos hôtes attentifs en quelle estime vous les avez et combien vous appréciez leur accueil. Ils vous en sauront infiniment gré et vous y gagnerez, vous-même, avec le spectacle de gestes, de physionomies et d'attitudes nouveaux pour vous, la conviction que le bonheur est autour de vous sous sa forme la plus naturelle, la plus saine et la plus franche.

N'oubliez pas, enfin, que vous devez changer de coolies porteurs, chaque jour, en fin d'étape et payer à chacun d'eux, en plus de sa journée de portage, la journée de retour, soit o $ 3o + o $ 3o = o $ 6o.

En ne respectant pas cette règle vous vous exposeriez à ne plus trouver de coolies ou à les voir s'enfuir au moment du départ.

N'hésitez pas, le cas échéant, avant de vous mettre en route, à écrire au Commissaire du Gouvernement tout disposé à vous renseigner et à faciliter vos déplacements à travers la province.

XVI. — RENSEIGNEMENTS DIVERS

Moyens de transports. — Un cheval de selle et conducteur est payé à raison de 1 $ oo par jour, chargé ; le retour à vide est toujours payé, à raison de o $ 6o par jour.

Un cheval ou mulet de bât ne doit pas être chargé à plus de 6o kilogs ; il est payé chargé à raison de o $ 8o par jour, à vide, au retour à raison de o $ 4o par jour.

Un coolie ne doit pas être chargé à plus de 15 kilogs ; il est changé à chaque étape et reçoit comme salaire o $ 3o par jour de travail avec, en plus, o $ 3o pour la journée de retour.

Cho-Bo est le lieu de transit des marchandises provenant de Hanoi et destinées à Sam-Nua ; ce sont des chevaux et mulets réquisitionnés à Sam-Nua qui en assurent le transport.

Exceptionnellement, les coolies sont employés au transport des colis volumineux qui ne trouvent

pas place sur un bât ; la dépense est alors beaucoup plus considérable.

Les transports sont suspendus de mai à octobre,
à cause des pluies.

Quelques prix. — Deux caisses de vin (une
charge de cheval) paient 12 $ oo de transport de
Cho-Bo à Sam-Nua :

4 $ oo aller à vide, Sam-Nua-Cho-Bo ;
8 $ oo retour chargé, Cho-Bo-Sam-Nua.

Ainsi, un litre de vin rouge ordinaire acheté
o $ 45 avec verre à Hanoi revient à o $ 95 rendu
à Sam-Nua, à condition qu'il n'y ait pas eu de
casse en cours de route.

Une touque de pétrole payée 4 $ oo à Cho-Bo
revient à 10 $ oo rendue à Sam-Nua.

Etc. ....

Produits du pays. — Prix moyen du picul de
6o kilogs, livré sur le territoire des Hua-Phan :

Benjoin .... 45 $
Caoutchouc 45
Sticklaque 4o

Fauves. — Il a été détruit :

Année 1925 .... 66 tigres ;
    —   —   .... 54 panthères.
Année 1926 .... 25 tigres ;
    —   —   .... 28 panthères.
Année 1927 (jusqu'en mai) 12 tigres ;
    —   —   12 panthères.

Il est payé pour chaque peau présentée au Commissaire du Gouvernement, une prime de :

15 $ oo pour les tigres ;
 8   oo pour les panthères.

La peau est entaillée de telle sorte qu'elle ne puisse être présentée une deuxième fois ; elle reste la propriété du destructeur.

Marchés. Prix, variables suivant la saison :

Paddy : 2 à 3 piastres les 60 kilogs français ;
Riz laotien : 4 à 5 piastres les 60 kilogs.
Riz annamite : 5 à 6 piastres les 60 kilogs ;
Bœufs :　　o $ 25 le kilo ;
Poulet :　　o　　30 le kilo ;
Poisson : o　　30 le kilo ;
Canard : o　　50 le kilo ;
Œufs :　　o　　02 la pièce ;
Pigeon :　　o　　15 la pièce ;
Porc :　　　o　　20 le kilo ;
Un bon cheval de 6 à 10 ans se paie de 60 à
　　80 $ 00 ;
Un buffle adulte, de belle taille : 30 piastres ;
Un bœuf adulte, de belle taille : 25 piastres ;
Un gros porc : 15 à 20 piastres.

IMPRIMERIE
D'EXTRÊME-ORIENT
HANOI — 1927

9 782329 082226